KB095437

살렘
카자흐스탄

실용 생활 입문서
카자흐스탄

살렘 카자흐스탄

조형열 지음

좋은땅

| 차례 |

1부

카자흐스탄은 어디에 있지

Kazakhstan

카자흐스탄은 어디에 있지

서울에서 서쪽으로 직선거리로 약 4,500㎞, 그 옛날 고구려인들이 지나왔던 그 길로는 약 7,000㎞, 직항 항공편으로 약 7~8시간의 비행을 하면 카자흐스탄의 수도 누르술탄이 있다.

지정학적으로는 유라시아 한가운데 자리 잡고 있다. 유라시아 지도를 반으로 접었을 때 그 접힌 중심 부문이 바로 카자흐스탄이고, 이에 따라 카자흐스탄인은 카자흐스탄을 유라시아의 심장(Heart of Eurasia)이라고 부른다.

카자흐스탄은 육로로 여섯 개 국가와 바다로 네 개 국가와 국경을 마주하고 있다. 육로의 남쪽에는 투르크메니스탄, 우즈베키스탄, 키르기스스탄이 있고, 동쪽으로는 중국이, 북동쪽에는 몽골이, 그리고 북쪽은 러시아와 국경을 마주하고 있다.

그리고 바다에서는 러시아, 이란, 투르크메니스탄, 아제르바이잔과 카스피해 내에서 바다의 국경을 마주하고 있다.

Astrakhan
Kalmykia
KAZAKHSTAN
RUSSIA
Dagestan
AZERBAIJAN
TURKMEN-
ISTAN
IRAN

〈카스피 해 바다 국경〉

카자흐스탄은 아시아일까, 유럽일까

카자흐스탄은 아시안게임 참가 국가이다. 하지만, 카자흐스탄 축구 국가대표팀은 유럽축구선수권대회(UEFA), 월드컵 유럽 예선에 참가하고 있다.

그럼, 카자흐스탄은 아시아일까, 유럽일까. 정답은 아시아이기도 하고 유럽이기도 하다.

카자흐스탄 수도 누르술탄에서 서쪽으로 1900㎞를 가면 아티라우(Атырау)라는 도시가 나온다. 아티라우의 도심을 가로 질러 우랄(Жайык)강이 흘러가고 있다. 이 우랄 강을 중심으로 동쪽은 아시아, 서쪽은 유럽이 된다.

〈아티라우, 우랄강을 건너서 아시아와 유럽을 잇고 있는 다리〉

다리를 동쪽에서 서쪽으로 건너면 아시아에서 유럽으로, 서쪽에서 동쪽으로 건너면 유럽에서 아시아로 대륙을 건너가게 되는 것이다.

겨울에는 우랄강이 사람이 지나가기에 충분하게 얼어붙는다. 이때 아티라우를 방문한다면 얼어붙은 강을 직접 걸어서 아시아에서 유럽으로, 유럽에서 아시아로 대륙을 넘어가는 체험을 할 수 있다.

〈아티라우, 우랄강을 사이에 두고 다리 양 끝에 위치한 아시아와 유럽 대륙 표시〉

2부

카자흐스탄은 어떻게 가지

Kazakhstan

카자흐스탄에 가는
가장 좋은 방법은 뭘까

카자흐스탄에 가는 가장 좋은 방법은 항공편이다.

현재, 카자흐스탄의 제2의 도시이자 교민이 가장 많이 사는 알마티(Almaty)국제공항과 인천공항 간에 주 3회 직항 항공편이 운항 중이다.
카자흐스탄 대표 항공사인 에어아스타나(AirAstana)가 주 2회, 대한민국의 아시아나항공이 주 1회 운영한다.

코로나 사태 이전에는 알마티 주 5회, 수도 누르술탄과 주 1회 직항 노선이 운항되었으며, 북경 및 아부다비 그리고 이스탄불 경유 항공편이 수시로 운행되었다.

아시아나항공에 대하여는 이미 많은 분들이 알고 있을 것이라고 생각되어 여기서는 카자흐스탄의 대표적 항공사인 에어아스타나만 소개하도록 하겠다.

에어아스타나는 카자흐스탄의 대표적인 항공사이며, 아래와 같은 점을 선호한다면 에어아스타나에 도전해 보기 바란다.

첫째, 승무원이 한국어를 전혀 하지 못해도 개의치 않은 경우.

- 아직까지 필자는 한국어를 하는 승무원을 전혀 만나지 못했다. 물론 간단한 한국어 인사말은 할 줄 안다.

둘째, 기내 음주가 필수인 경우.

- 맥주는 무조건 500cc가 기본 제공이며, 이코노미석도 보드카 등 대부분 주류를 제공한다.
- 과음은 절대 금물이다. 기내난동에 대해서 카자흐스탄은 강한 법률적 처벌을 적용하는 국가이다.

셋째, 좌석이 조금 더 넓기를 바랄 경우.

〈에어아스타나 A321LR - 현재 인천공항노선 투입, 운항 중인 기종〉

〈에어아스타나 기내 서비스〉

카자흐스탄 항공편
저렴하게 구입하기

카자흐스탄 항공편 중에서 에어아스타나 항공권을 저렴하게 구입하는 방법은 다음과 같다.

첫째, 무조건 일찍 구매하자.

- 탑승일이 가까이 올수록 에어아스타나 항공권 가격은 기하급수적으로 비싸진다.

둘째, 카자흐스탄의 연휴 시즌을 피하자.

- 나우르즈(카자흐스탄의 설날) 등 카자흐스탄 연휴 시즌 가격은 상상을 초월한다.

셋째, 한국이 아닌 카자흐스탄에서 구매하는 것이 대부분 통상적으로 더 저렴한 방법이다.

넷째, 일정을 조정하자.

- 일정을 조금만 조정해도 저렴하게 항공권 구입이 가능하다.

3부

카자흐스탄 가기 전 뭘 준비하지

Kazakhstan

카자흐스탄에서는 어떤 돈을 쓰지

카자흐스탄에서는 텡게(Тенге)라는 카자흐스탄 국가 화폐만 이 사용된다. 달러(US$)나 루블(₽), 유로(€)등은 공항면세점 외에는 일반적으로 통용되지 않는다.

텡게(₸)의 지폐에는 이만, 일만, 오천, 이천, 천, 오백, 이백 텡게(₸)가 있다. 이백 텡게(₸) 지폐는 최근 주화가 발행되면서 점차 사라지고 있다. 주화는 이백, 백, 오십, 십, 오, 이, 일 텡게(₸)가 있다.

환율은 1텡게(₸)가 대한민국 원화(KRW)로 2.6~2.8원으로 계산된다.

카자흐스탄에 갈 때는 미국 달러(US$)를 준비해 가기 바란다. 한국에서 텡게(₸) 환전도 어려울 뿐만 아니라 카자흐스탄에서도 대한민국 원화(KRW)는 환전이 공식적으로 불가능하기 때문이다.

환전은 은행 또는 환전소에서 하면 된다. 단, 은행 및 환전소마다 각각 환율이 다르기 때문에 비교해 보고 환전하기 바란다.

카자흐스탄에서는 신용카드가 일부 재래시장을 제외하고는 자유롭게 사용된다. 단, 해외사용이 가능한 신용카드여야 하며 일반적으로 VISA카드가 가장 많이 통용된다.

만약 카자흐스탄에서 급하게 현금이 필요하면 현금자동입출금기(ATM)를 찾아보기 바란다. 국내에서 발급받은 해외현금인출카드로 언제든지 현금자동입출금기(ATM)에서 텡게(₸)로 현금 인출이 가능하다.

〈카자흐스탄 주화〉

〈카자흐스탄 환전소 - 두 환전소의 루블(₽) 환율이 서로 다르다.〉

카자흐스탄 날씨는 어때

카자흐스탄은 세계에서 아홉 번째로 큰 나라이다. 육지의 국경 길이만 12,012㎞에 달한다. 그러다 보니 카자흐스탄의 날씨를 한마디로 설명하기는 쉬운 일이 아니다.

그래서 교민이 가장 많이 사는 두 개의 도시인 누르술탄과 알마티의 날씨에 대해서만 언급하도록 하겠다.

[누르술탄(HҰР-СҰЛТАН)]

누르술탄은 건조하며 바람이 많이 부는 전형적인 스텝(Steppe) 기후를 보여 준다.

이는 누르술탄이 대초원 위에 지어진 새로운 수도이며, 자그마한 산이라도 358㎞를 가야 나오는 전형적인 초원지대이기 때문이다.

공기는 항시 청정 그 자체이다. 바람이 많이 부는 기후에다 주변에 산이 전혀 없기 때문이다.

그러다 보니 누르술탄에 사는 사람들은 일 년 중 대부분 날들은 카자흐스탄 국기처럼 푸른 맑은 하늘을 보며 살고 있다.

누르술탄은 겨울에 무척 추운 도시이다. 겨울의 평균 기온은 영하 14도이지만 가끔 매서운 추위가 몰아치면 영하 30도 미만으로 떨어지기도 한다. 이때는 학교가 모두 휴교하기 때문에 학생들은 겨울만 되면 추워지기를 기다린다.

그러나 추위와 눈에 대비하는 시설 및 대응은 세계 최강인지라 누르술탄 사람들은 추위를 별로 느끼지 못하고 겨울을 지낸다. 오히려, 겨울이 되면 온 도시가 눈썰매, 스키, 아이스하키 등 겨울 스포츠를 즐기느라 떠들썩하다.

여름에는 30도를 넘는 무더위가 있지만 불과 며칠밖에 되지 않는다. 여름 평균 기온은 20도이고 건조한 기후 때문에 체감온도는 더 시원하게 느껴진다.

그러다 보니 청정 공기 속에서 시원한 여름을 누르술탄에서 보내는 한 달 살기가 점점 늘고 있다.

〈누르술탄 보타닉가든 - 푸른 하늘과 청정 공기〉

[알마티(Алматы)]

알마티는 텐산이라는 큰 산이 도시를 감싸는 전형적인 분지 기후를 나타낸다.

그래서 위도는 백두산과 비슷하지만 겨울 평균기온은 영하 4도에 불과하다. 가끔은 영하 10도 이하로 떨어지기도 한다.

여름에는 만년설이 가득한 텐산 때문에 30도를 넘는 무더위가 간혹 있기는 하지만 여름 평균 기온이 24도 정도에 불과하다.

알마티의 기후는 한국과 매우 유사하며 사계절이 뚜렷하게 나타난다.

〈알마티공항, 뒤에 보이는 산맥이 텐산 산맥〉

4부

카자흐스탄 갈 때 꼭 알아야 될 것

Kazakhstan

카자흐스탄 사람은 어떤 언어를 사용할까

카자흐스탄에서 카자흐어가 국어, 러시아어는 공용어이다. 즉, 카자흐어와 러시아어가 모두 사용된다.

그래서 모든 계약서와 공식문서는 왼쪽에는 카자흐어가, 오른쪽에는 러시아어가 한 장에 동시에 기재되어 있다. 물론 날인도 왼쪽의 카자흐어와 오른쪽의 러시아어 동시에 해야만 한다.

카자흐스탄으로 가는 에어아스타나 비행기를 타면 카자흐어, 러시아어, 영어 3개 언어의 기내방송을 듣거나 보게 될 것이다.

하지만, 이는 비행기를 내려서 공항에 들어서면 영어는 제외되고 오직 사용되는 언어는 카자흐어와 러시아뿐이다. 물론 2017 아스타나 엑스포를 거치면서 영어 안내표지와 안내문 그리고 영어 사용이 가능한 직원들이 있지만 큰 기대는 금물이다.

현재 점점 더 모든 정부기관, 관공서, 공공기관에서 공적 언어로 카자흐어만 사용하는 경우가 많아지고 있다.

또한, 러시아어만 표기되었던 도로 표지판이 카자흐어 또는 영어와 카자흐어로 적힌 도로 표지판으로 바뀌고 있다.

이런 정부정책과 맞물려 카자흐스탄 남부를 중심으로 러시아어를 배척하고 오직 카자흐어만 사용하는 지역이 점점 더 늘고 있는 추세이다.

하지만, 구 소련시대에 교육을 받은 장년 및 노인층, 카자흐스탄 북부지방의 러시아인 밀집 지역 그리고 고려인들은 오직 러시아어만 사용한다.

이러한 언어적 상황은 카자흐스탄에서 여행 또는 업무상 그리고 비즈니스를 위하여 통역이나 직원을 채용할 때 고려해야 될 무척 중요한 사항이 되었다.

카자흐스탄에서 어떠한 일이든 순조롭게 진행하려면 반드시 카자흐어와 러시아어 모두 모국어 수준으로 사용하는 통역이나 직원이 반드시 필요하다.

카자흐스탄 입국하기

카자흐스탄은 대한민국과 사증면제협정체결국이다. 그렇기 때문에 특정 목적(유학, 사업 등)이 아닌 경우 비자를 받을 필요가 없다.

2020년 1월 11일부터는 입국신고서를 작성하고 소지해야 하는 규정도 폐지되었다. 무비자 입국자가 반드시 해야 했던 거주등록제도도 입국한 사람이 할 필요가 없어졌다. 거주등록이 아닌 거주신고를 초청자 또는 숙소의 사업자가 하도록 변경되었다.

즉, 대한민국 국민은 카자흐스탄에 도착하면 여권만 들고 출입국관리소에 가서 입국심사를 받으면 된다. 다른 나라에서 입국할 때 작성했던 출입국신고서, 세관신고서 모두 카자흐스탄에 입국할 때는 필요 없다. 입국 심사장에서 입국 심사를 받고 여권에 입국 도장이 끝나면 일단 입국 수속은 모두 끝난다.

그럼, 이제 수화물을 찾는 곳으로 가면 된다. 누르술탄 나자르바예브 국제공항이나 알마티 국제공항 모두 수화물 나오는 곳이 몇 곳이 안 된다. 그렇기 때문에 수화물도 손쉽게 찾을 수 있을 것이다.

수화물을 찾았으면 이제 당당하게 카자흐스탄 세관을 통과해 보기 바란다. 카자흐스탄도 인천공항처럼 그린라인과 레드라인이 있다. 세관에 신고할 것이 없는 사람은 그린라인으로 당당히 통과해서 자동문 밖으로 나가기 바란다.

이제 카자흐스탄 입국은 모두 끝났다.

자! 그럼. 여러분. 카자흐스탄에 오심을 환영합니다!
"Қазақстанға қош келдіңіз!"

〈누르술탄 나자르바예브 국내선 공항〉

카자흐스탄 숙소 정하기

카자흐스탄에서 숙소를 정하는 방법은 다양하다.

우선, 한국인이 운영하는 한인 게스트하우스를 이용하는 방법이 있다. 말이 통하고, 식사는 대부분 한식으로 나오는 것이 가장 큰 장점이다. 덤으로 게스트 하우스 내에서 다양한 정보를 얻을 수 있다는 점도 있다. 하지만, 한국인 특유의 친화력 때문에 때로는 불편할 수도 있다.

두 번째로 가장 쉬운 방법인 호텔을 이용하는 방법이 있다. 카자흐스탄의 호텔은 시설, 서비스가 최상급에서 최하급까지 다양하게 존재한다. 호텔을 예약하는 방법은 어플이나 호텔 예약 사이트를 이용해도 되고, 카자흐스탄 현지 교민에게 의뢰해도 된다. 카자흐스탄 현지 교민에게 의뢰할 경우 일부 호텔의 경우 다른 어떤 방법보다 저렴할 수도 있다.

카자흐스탄에서 호텔을 선택할 때는 이용 후기가 아무리 좋더라도 신뢰하지는 말기 바란다. 러시아인이나 동유럽 혹은 중앙아시아인은 최상의 만족을 느꼈더라도 한국인에게는 최악의 호텔이 될 가능성이 높기 때문이다.

세 번째로 카자흐스탄인이 운영하는 게스트하우스를 이용하는 방법이 있다. 저렴한 가격이 절대적 장점이다. 하지만, 가족이나 커플은 가급적 사용하지 않기를 바란다. 부득이 이용을 해야 한다면 최대한 짧게 예약을 잡기 바란다. 도착해서 직접 자보고 시설을 이용한 후에 숙소를 연장할 것인지 다른 숙소를 이용할 것이지 결정하는 것이 가장 현명한 방법이다.

네 번째로 아파트를 빌리는 방법이 있다. 게스트하우스나 호텔에 머물다가 옮겨 오거나 중장기 머무는 경우 그리고 가족 단위로 사용하는 경우가 많은 숙소 형태이다.

저렴하고 편하게 집처럼 사용할 수 있다는 것이 가장 큰 장점이다. 다만, 집을 구할 때 한국처럼 부동산소개 수수료가 발생하며 단기와 장기는 임대료가 상이하다.

예약을 할 때 가급적 카자흐스탄에 거주하는 교민을 통해서 예약하기 바란다. 어플이나 예약사이트에 있는 사진 및 동영상은 실제아파트 구성과 실내가 다른 호객용이 많을뿐더러, 현지 사정을 잘 모르는 점을 이용하여 여러 가지 추가비용을 요구하기도 하고 정당한 요구를 묵살하기도 하는 경우가 비일비재하게 일어나기 때문이다.

〈한인게스트하우스〉

〈누르술탄 아파트 - 원룸 구조〉

카자흐스탄에서 핸드폰 개통하기

카자흐스탄도 한국에서 쓰던 핸드폰에 유심만 구입, 교체, 통신사에 등록만 하면 바로 핸드폰 사용이 가능하다.

유심을 구매하는 방법은 다양하다. 통신사 또는 통신사 대리점에 직접 가는 방법, 통신사에 인터넷 혹은 전화로 주문하는 방법, 근처 보이는 가게에서 구입하는 방법이 있다.

쇼핑몰, 동네 슈퍼, 핸드폰 액세서리 가게 등 다양한 곳에서 유심을 판매하고 있으니 구매하는 것은 어렵지 않다. 단, 길거리 노점상에게서는 사지 말기 바란다.

유심을 구매하였으면 여권을 들고 통신사나 대리점을 찾아가기 바란다. 카자흐스탄의 대표적인 통신사는 Kcell, Activ, Beeline이다.

통신사나 대리점에서 유심번호를 등록하면 바로 핸드폰 사용이 가능하다. 만약 통신사를 찾기 힘들면 대형쇼핑몰에 가면 위의 통신 3사의 대리점에서 유심 개통이 가능하다.

카자흐스탄의 통신요금은 대한민국의 선불 폰과 알뜰 폰과 비슷하다고 생각하면 될 것 같다. 즉, 이용하는 방법 중 하나는 쓰는 만큼 통신요금을 내는 경우와 매월 일정한 금액을 핸드폰 번호에 입금하는 방법이 있다.

약정은 없으며 언제든지 사용을 중단할 수 있다.

매월 일정한 금액을 입금하는 요금제의 경우 현재 카자흐스탄 교민들은 대부분 소셜 네트워크 서비스, 비디오, 메신저 완전 무제한, 기타 데이터 17GB, 동일 통신사 번호와 통화 완전 무료, 타 통신사 번호와 통화 200분 무료인 요금제를 가장 많이 사용한다.

이밖에도 다양하게 요금제가 있으니 본인에 맞는 요금제를 선택하기 바란다.

카자흐스탄에서 통신요금은 자동이체나 카드대금으로 납부하는 것이 아니고 본인 핸드폰 번호에 입금하는 형태이다. 언제든지 본인 핸드폰으로 잔고(Balance)를 확인할 수 있다.

입금 방법은 일반 가게나 쇼핑몰에 있는 키오스크(핸드폰 요금뿐만 아니라 각종 공과금 납부 등 다양한 서비스를 제공하는 키오스크) 또는 모바일뱅킹서비스와 통신사 방문을 통하여 입금하면 된다. 그리고 입금할 때 대부분 수수료가 부과되니 이 점 유의하기 바란다.

〈핸드폰 요금 납부가 가능한 키오스크〉

카자흐스탄에서 대중교통 이용하기

입국절차를 마치고 공항 밖으로 나오면 숙소까지 가는 교통편을 찾는 것이 급선무일 것이다.

카자흐스탄 공항에는 공항버스나 공항철도가 없으며, 대한민국 국제면허증으로 렌터카 이용도 할 수 없다. 또한, 일반버스는 카자흐스탄 교통카드가 있거나 카자흐스탄 통신사 핸드폰이 있어야 탑승이 가능하므로, 처음 도착할 때 일반버스 이용은 거의 힘들다고 본다.

그래서 공항에서 시내로 들어가는 교통편은 택시와 픽업차량을 이용하는 방법뿐이다.

첫 번째, 픽업서비스

픽업서비스는 두 가지가 있다. 호텔 등 숙소에서 픽업을 나오는 것과 카자흐스탄 현지 교민 픽업서비스를 요청하는 방법이다.

비용 측면에서 택시보다 비싸기는 하지만, 처음 도착했을 때 경황이 없어 우왕좌왕하는 것을 고려한다면 그 비용만큼 충분한 가치가 있다고 보인다.

두 번째, 택시

카자흐스탄 택시는 대한민국과 다른 점이 많다. 택시미터기로 계산되는 택시도 있기는 하지만 일반승용차로 가격을 흥정하는 택시가 거의 대부분이다. 또한 택시미터기 택시도 가격 흥정이 가능하니 참고 바란다.

처음 카자흐스탄에 오면 택시를 탈 때 불안한 마음을 감출 수 없다. 하지만, 가장 오랜 기간 일반화되어 있는 교통수단이기 때문에 안심하고 타도 무난하다.

택시를 이용하는 방법은 두 가지가 있다.

하나는 직접 가격을 흥정하는 방법이 있다. 추후에 카자흐스탄 생활이 익숙해지면 택시 어플보다 이 방법이 저렴할 경우가 많다.

다른 방법은 택시 어플 또는 우버(Uber)를 이용하는 방법이다. 택시요금이 정해지기 때문에 흥정을 하지 않아도 되고 기사와 별다른 대화가 필요 없다는 것이 장점이다.

특이한 점은 카자흐스탄에서 우버(Uber)는 일반 택시어플에 비하여 가격만 비쌀 뿐이지 다른 장점은 없다. 그리고 카자흐스탄의 택시어플은 택시만 이용하는 것이 아닌 승합차, 버스, 트럭까지도 이용이 가능하니 필요 시 이용하기 바란다.

마지막으로 카자흐스탄 생활이 기본적으로 자리 잡으면 일반 버스나 일부 도시에 있는 지하철 또는 트램 등 대중교통을 이용해 보기 바란다.

교통카드를 구매해서 한국과 동일하게 탑승 시 카드를 찍는 방법(하차 시에는 찍지 않는다)과 카자흐스탄 현지 모바일뱅킹을 통하여 탑승 후 대중교통 유리나 벽면에 있는 QR코드로 결제하는 방법이 있다.

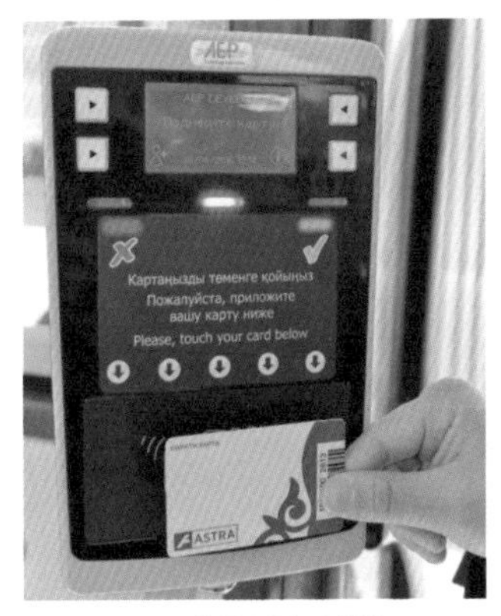

〈누르술탄 버스 카드〉

〈파블로다르 트램〉

카자흐스탄에서 장보기

카자흐스탄에서 장보는 가장 좋은 방법은 창고형 할인마트나 대형마트, 혹은 동네 슈퍼를 이용하거나 인터넷으로 구매하는 방법이 있다. 그리고 향후 카자흐스탄 생활에 익숙해지면 재래시장도 도전해 보기 바란다. 한국식품 및 물품을 파는 한국마트도 대도시의 경우에는 다양하게 있기 때문에 카자흐스탄에서 장보는 것은 전혀 어렵지 않을 것이다.

재래시장에 간다면 카자흐스탄어로 간단한 인사말과 필요한 물품명 그리고 숫자 정도는 외우고 간다면 효과 만점이다. 카자흐스탄 시장도 한국과 같은 시장 인심이 있기 때문에 덤이나 가격할인의 혜택의 소소한 즐거움을 느낄 수 있을 것이다. 다만, 재래시장이 반드시 가격이 저렴한 것은 아니라는 것은 알아 두기 바란다.

〈누르술탄 - 대형 마트〉

〈누르술탄 재래시장 아르좀〉

5부

카자흐스탄에서 살아 볼까

Kazakhstan

카자흐스탄에서 한 달 살기

카자흐스탄에서 한 달 살기를 해 보겠다고 결심했다면 우선 거주를 어디로 할 것인가 정해야 한다. 한 달 살기의 거주지로는 대부분 분들이 수도 누르술탄과 제2의 도시 알마티를 선택한다.

카자흐스탄에 도착하면 한 달 동안 머물 숙소부터 구하는 것이 우선이다. 한 달 살기에는 아파트 임대가 가장 적합한 숙소 형태이다.

아파트를 임대할 때는 가격, 교통, 인터넷 속도, 숙소 주변 환경(슈퍼, 식당, 각종 가게의 유무와 이동거리 등)을 고려해서 결정하기 바란다.

이제 숙소가 정해졌다면 지금까지 꿈꾸어 왔던 한 달 살기를 시작해 보기 바란다. 그동안 한 달 살기 하신 분들이 가장 많이 했던 것은 인근 국가로의 여행이었다. 직항 노선이 잘되어 있고 비행시간도 짧기 때문에 카자흐스탄을 기점으로 타슈켄트, 비쉬켁, 이스탄불, 두바이, 모스크바 등의 다양한 국가로의 여행을 즐길 수 있다.

카자흐스탄에서는 한국에서는 잘 즐기지 못했던 다양한 레포츠를 언제든 할 수 있다. 플라잉 낚시(Fly fishing), 헬리스키(Heliskiing), 승마 트레킹(Horse Trekking), 등산, 하이킹, 사냥, 카라반으로 떠나는 실크로드 답사 등 실로 다양한 레포츠가 기다리고 있다.

또한 카자흐스탄은 사진을 좋아하는 사람에게는 더할 수 없이 좋은 곳이다. 광활하면서 아름다운 다양한 국립공원, 밤에 더 빛나는 도심, 도시와 도시 사이의 숨은 해바라기 밭 등 이런 수많은 포토 존과 더불어 나만의 포토 존을 찾는 것도 한 달 살기의 새로운 즐거움일 것이다.

〈카라반으로 떠나는 실크로드〉

〈해바라기 밭 - 동카자흐스탄 세메이 외곽〉

카자흐스탄으로 유학 가기

카자흐스탄으로 유학을 오는 경우는 러시아어를 배우러 오거나 조기 유학으로 오는 경우이다.

조기 유학생은 해마다 늘어가고 있다. 조기 유학생의 경우 어학특기전형으로 한국의 대학교로 진학하는 경우와 카자흐스탄이나 러시아의 명문대학교로 진학하는 경우가 대부분이었다. 하지만, 최근 몇 년 사이에는 영국, 스위스, 미국의 명문대학교로 진학도 점차 늘고 있는 추세이다.

러시아어 어학연수 유학생은 과거 러시아과 학생들이 주를 이루었다면 지금은 본인의 능력을 키우고자 하는 일반인으로 바뀌고 있으며 대부분 만족한 성과를 거두고 한국으로 돌아가거나 혹은 카자흐스탄이나 러시아에서 활약을 펼치고 있다.

카자흐스탄 유학에서 우선적으로 가장 중요한 것은 학교를 선택하는 것이고 그 다음으로는 학생의 의지이다. 마지막으로는 카자흐스탄 현지 교민의 능력과 의지로서 가디언 역할이다.

필자는 카자흐스탄에서 대학교와 영재학교에서 수년간 교수로 재직하였다. 그 경험으로 비추어 보았을 때 아직도 카자흐스탄 교육기관은 권위주의적이고 폐쇄적이며 학생 중심이 아닌 행정 중심으로 운영된다.

그런 사유로 인해 학생이 스스로 찾기 전에는 절대 알려주지도 공개하지도 않는 경우가 대부분이고 이유도 모른 채 유급을 당하거나 퇴학을 당할 수도 있다.

그렇기 때문에 카자흐스탄 현지 교민이 어떻게 학교와 학생 간의 교두보 역할을 하는지와 여러 가지 가디언 역할을 어떻게 하는지가 유학생활의 성공 여부를 결정하는 열쇠 역할일 것이다.

카자흐스탄 유학은 직접 진행할 수도 있지만, 실로 많은 시간과 그보다 더 많은 인내심을 요구할 것이다. 따라서 카자흐스탄 현지 교민에게 의뢰하는 것이 모든 면에서 한결 수월한 선택일 수도 있다.

〈카자흐스탄 최고 명문 나자르바예브 대학교〉

〈카자흐스탄 대통령 영재학교〉

카자흐스탄에서 비즈니스 하기

해마다 점점 많은 다양한 국적의 사람들이 중앙아시아의 엘도라도의 꿈을 꾸면서 카자흐스탄으로 몰려들고 있다. 만약 지금이 아닌 더 좋은 미래를 꿈꾸면서, 한국이 아닌 새로운 환경 속에서 성공을 꿈꾼다면 카자흐스탄은 좋은 선택지가 될 것이라고 생각한다.

그럼, 카자흐스탄에서 비즈니스의 장점은 뭐가 있을까.

첫째는 과실송금[1]이 가능하다.

둘째는 다른 나라에 비하여 인종, 종교적 차별이 미비하다고 볼 수 있다.

셋째는 정치적으로 안정된 국가라는 것이다.

---

1 과실송금이라 함은 외국(카자흐스탄)에 투자하여 얻은 이익(배당)금을 한국에 송금하는 것을 이야기하는 것이다.

넷째는 카자흐스탄은 독립국가연합(СНГ)과 유라시아경제연합(ЕАЭС) 약 2억 4천만 명 거대 시장의 중심 국가라는 것이다.

카자흐스탄에서 비즈니스를 결정하기 위해서는 많은 점을 생각하고 여러 사람을 만나고 다시 한번 또 살펴보아야 할 것이다.

본인의 경력, 장점 및 단점, 가족과 함께할 것인지 아니면 나 홀로 할 것인지, 시설 투자 및 운영은 어떻게 할 것인지, 자금문제 등 검토할 부문은 실로 많을 것이다.

모든 검토가 끝나면 우선 법인을 개설하도록 하자. 법인 개설, 즉 사업자등록은 소규모 식당이나 비즈니스도 반드시 해야만 하는 것으로서, 만약 그렇지 않다면 추후에 법적 경제적으로 많은 문제를 야기할 것이다.

그럼, 카자흐스탄에서 어떻게 회사를 설립하는지 알아보겠다.

카자흐스탄에서는 특별한 경우가 아니라면 유한책임회사의 형태가 가장 적합한 법인형태이다.

유한책임회사의 경우 카자흐스탄 정부의 투자진흥책으로 인하여 법인등기부등본 발급까지 약 5일, 그 밖에 업무를 개시하기 위한 기타 절차 수속까지 또 약 5일, 총 약 10일이면 대부분 모든 법인 관련 절차가 마무리된다. 단, 위의 소요일수는 서류상 문제가 없을 경우에 해당하니 유의하기 바란다.

유한책임회사 설립과 업무 개시까지는 관할 지방 법무국, 통계청, 국세청등에 서류를 접수하고 발급받아야 한다.

이때 모든 한국어나 영어로 되어 있는 서류는 카자흐어와 러시아어로 번역 후 공증을 받아야 하며, 필요한 경우에는 아포스티유(Apostille)를 받아야 한다.

법인이 설립되고 업무를 개시하기 전에 카자흐스탄 한인경제회장으로서 두 가지만 당부 이야기를 하고자 한다.

첫 번째는 초심을 잃지 말고 A부터 Z까지 본인이 직접 확인하고 또 확인하라는 당부를 드리고 싶다.

처음에는 열정을 가지고 모든 것을 직접 확인하고 뛰어다니다가도 시간이 지나면 지날수록 확인은 하지 않고 서류에 날인만 하는 경우를 많이 보았다.

하지만 본인이 직접 확인하지 않으면 아무도 확인해 주지 않는다. 또한 문제가 생기고 직원의 과실이 명확하다 하더라도 법적 및 금전적으로 본인이 모든 책임을 져야 한다는 점을 꼭 명심하기 바란다.

두 번째는 한국이 아닌 카자흐스탄에서 비즈니스를 하고 있다는 것을 잊어버리지 말라는 당부를 드리고 싶다. 한국의 관습과 비즈니스 방식만을 고집하기보다는 카자흐스탄의 문화 및 비스니스 관습에 한국인만의 비즈니스 감각과 여러 장점을 융합하고 여기에 한국인만의 근면성과 추진력을 가미하는 것이 가장 이상적인 카자흐스탄에서의 비즈니스 방법일 것이다.

하지만, 카자흐스탄에서 비즈니스 하는 많은 교민과 지사, 카자흐스탄 현지 법인에서 한국 비즈니스 방식과 관습을 무리하게 밀어붙이다가 전혀 예상하지도 못한 부문에서 어려움이 생겨서 모든 것을 잃어버리는 경우가 많이 발생하였다. 그렇기 때문에 이를 타산지석으로 삼고 절대 그런 일이 없는 융화된 비즈니스를 통하여 카자흐스탄에서 꿈꾸었던 성공을 모두 이루기를 기원하는 바이다.

〈카자흐스탄 국립은행(NBK)
- 좌측부터 국제협력국장, 필자, 금융기구개발국장, 금융시장통계국장,
금융기술개발국장〉

〈한국 · 카자흐스탄 물 산업 포럼(누르술탄)〉

〈카자흐스탄 이코노믹 포럼〉

〈카자흐스탄 투자청 – 좌측부터 투자청 청장, 필자, 한국 · 일본 투자 협력 처장〉

〈아스타나국제금융센터(AIFC)- 좌측부터 카자흐스탄 투자청 한국 · 일본 협력 처장, AIFC증권거래소장, 필자, AIFC부총재〉

〈필자 회사 직원 및 필자 학생들〉

6부

카자흐스탄에서 꼭 먹어 봐야 할 베스트 4

Kazakhstan

샤슬릭(Шашлык)

양고기, 소고기, 돼지고기, 말고기, 오리고기 등 다양한 고기의 샤슬릭이 있다. 카자흐스탄 특유의 고기를 굽는 비법으로 한국의 샤슬릭과는 비교 불가이다. 특별히 추천하는 방법은 양고기 샤슬릭에 카자흐스탄 로컬 맥주를 함께하면 환상 그 자체의 음식 궁합이다.

말고기(Қазы)

카자흐스탄에서 꼭 먹어 봐야 하는 음식이다. 가장 전통적인 말고기 음식은 사진과 같이 말고기 순대와 여러 부위를 삶아서 먹기 좋은 형태로 잘라서 내놓은 형태이다. 그중 말고기 순대는 카자흐스탄에 강제 이주된 고려인들이 고향 음식인 순대를 그리워하며 만들어 낸 음식이다. 또 다른 말고기를 즐기는 방법은 스테이크(Steak) 전문 식당에서 말고기 스테이크를 먹어 보는 것이다.

베쉬바르막(Бешбармак)

카자흐스탄의 가장 대표 음식이다. 베쉬바르막은 다섯 손가락이라는 의미를 지니고 있다. 명절이나 좋은 일이 있을 때 귀한 손님이 왔을 때 반드시 내놓는 음식이며, 위 사진도 필자가 지인 집에 초대받았을 때의 사진이다.

고기는 말고기, 양고기, 소고기를 사용하고 감자, 양파 그리고 쟈이마라는 반죽을 만들어서 수제비같이 피를 떠서 넣는다. 또한, 베쉬바르막을 요리한 진한 육수를 같이 곁들여서 먹으면 풍미가 한층 더할 것이다.

바우르삭(Бауырсак)

바우르삭은 카자흐스탄의 대표적인 명절 및 잔치음식에 빠지지 않은 음식이다. 베쉬바르막이 주연이라면 바우르삭은 꼭 있어야 하는 조연인 것이다.

카자흐스탄의 설날인 나우르즈 등 명절 때가 되면 필자에게도 여러 카자흐스탄 지인들이 직접 만든 바우르삭을 가져다주는 정이 넘치는 음식이기도 하다. 바우르삭에 한국식으로 설탕을 약간 뿌리거나 찍어 먹어 보자. 그러면, 영락없는 한국의 꽈배기 맛이다.

7부

카자흐스탄 남들은 모르는 베스트 Place 4

Kazakhstan

〈악타우 카스피해 비치〉

카스피해(Каспи теңізі)

카스피해는 카자흐스탄의 서쪽에 위치한다. 카스피해를 제대로 즐기려면 석유도시 악타우(Актау)의 해변을 끼고 올 인클루시브(All Inclusive)를 제공하는 유명 리조트에서 카스피해의 명물 캐비어를 맛보며 편안한 휴식을 취하는 것이 가장 좋은 방법이다.

〈카자흐스탄 랠리(Rally Kazakhstan)〉

또한 매해 초여름 악타우에서 출발해서 해변과 사막 그리고 대초원을 가로지르는 1,500㎞를 5일 동안 달리는 카자흐스탄 랠리(Rally Kazakhstan)가 열린다. 이때 굉음을 내며 대자연을 질주하는 랠리를 보는 것 또한 카스피해의 또 다른 즐거움일 것이다.

〈사슴농장〉

알타이(Алтай) 산맥

카자흐스탄 동쪽 끝에 위치하며 러시아, 몽골, 중국과 경계선을 마주치고 있는 산맥이다. 멸종위기의 설표(Snow Leopard), 곰, 늑대, 야생 사슴 등 다양한 동물, 이름 모를 야생화 그리고 달빛에 취할 것 같이 맑은 호수로 연결되는 알타이 산맥은 평생 잊지 못할 기억을 남겨 줄 것이다.

또한, 알타이 산맥의 사슴농장에서는 녹용의 최고봉인 원용이 나올 뿐만 아니라 녹용 목욕 등 각종 휴양시설을 제공하여 카자흐스탄 현지인들도 많이 찾고 있다.

〈알타이 산맥〉

〈알타이 산맥에서 자주 보는 말 타는 꼬마들〉

코르칼진(Қорғалжын) 보호 구역

수도 누르술탄에서 남서쪽으로 130㎞ 떨어진 곳에 위치하고 있으며 유네스코 세계문화유산구역으로 지정된 지역으로 아프리카와는 다른 아시아 대초원 사파리를 제대로 볼 수 있는 지역이다.

플라밍고, 펠리컨, 흰머리 오리, 독수리 등 다양한 조류, 사이가 영양, 마멋, 늑대 등 포유류, 희귀식물, 어류, 파충류가 살고 있는 지역이며 많은 국제적멸종위기가 자생하는 지역이다. 5월부터 9월까지 사전 예약 후 관람이 가능하다.

〈사이가산양(Saiga tatarica) - 국제적 멸종 위기종〉

〈야생마〉

투르키스탄(ТҮРКІСТАН)

투르키스탄은 서기 500년경부터 실크로드의 주요 거점이었던 도시이다. 카와자 아메드 야사위는 이슬람 수피즘의 위대한 시인이자 철학자였고 아리스탄 바바는 그의 스승이었다. 티무르제국의 초대 황제인 티무르는 1389년부터 1405년까지 그의 영묘를 세웠고 2006년 유네스코 세계문화유산에 선정되었다.

그 후 카자흐 칸국의 황제 즉위식이 열리는 중요한 역사의 도시였지만 유물은 대부분 파괴되었다. 현재 대규모 복원 작업 중인 역사 깊은 도시이다.

〈투르키스탄-카와자 아메드 야샤위 영묘(Қожа Ахмет Яссауи кесенесі)〉

〈오타르-아리스탄 바바 영묘(Арыстан баб кесенесі)〉

〈투르키스탄 복합 관광단지 겸 호텔 - 케루엔 사라이〉

살렘
카자흐스탄

초판 1쇄 발행 2021년 10월 30일

지은이 조형열
펴낸이 이기봉
편집 좋은땅 편집팀
펴낸곳 도서출판 좋은땅
주소 서울특별시 마포구 양화로12길 26 지월드빌딩 (서교동 395-7)
전화 02)374-8616~7
팩스 02)374-8614
이메일 gworldbook@naver.com
홈페이지 www.g-world.co.kr

ISBN 979-11-388-0353-3 (03810)